（04）

燃燒吧！香港重機

GEAR UP! MY SAMURAI !

THE FIGHT FOR THE CITY

天星

以渡海小輪的姿態藏身 H 市。不只是大型的航空重機，更能變為機械人行動，火力十足，是強大而且可信的戰力。

陳老師

熱心教育的年輕老師，任職於洛斯和夢妮就讀的學校，在偶然下被捲入魔界星人和戰國星人的戰爭，希望能用她的學識成為叮叮的助力。

凱文

在 H 市長大，在 T 市學成歸來的機械人工程天才，是帶著第四名戰國星人協助夏爾等人的強大援軍

人人／夏爾

大貨車、人形兩種形態。正義感強，思想單純，喜歡冷笑話。

洛斯

性格善良，為了幫人能犧牲自己，好奇心旺盛，喜歡冷笑話。

夢妮

聰明伶俐，為人冷淡，做決定時往往先計算利益，說話有點刻薄。

艾可薩

科技公司 BOT 創辦人，夢想建立人工智能王國，行事卑鄙。

　　H 市舊區的棄置工廠內，洛斯、夢妮、陳老師和凱文聚首一堂，這裡是他們的秘密基地，眾人目不轉睛的看著新聞直播，因為報道中的主人翁是他們最大的敵人，和魔界星人勾結的 BOT 集團主人——艾可薩。

「昨夜凌晨多處發生爆炸，消防員火速搶救，事件中無人命傷亡，但警方發現事件牽涉到龐大的違法建築設施……」記者在 BOT 集團大樓外，邊作現場報道邊等待著負責人艾可薩出來回應。

地下機械人鬥技場因為洛斯等人早前的行動而曝光，艾可薩隱瞞政府興建的龐大多層地下基地再也隱藏不了，H 市民眾對此感到十分震驚。

「這一次艾可薩不能繼續逍遙法外了吧？」洛斯欣喜地說。

「傳媒和警方在外包圍，我相信就算艾可薩再有財有勢，也插翼難飛了。」夢妮同樣感到樂觀，失去了 BOT 集團的財力和勢力，必定能大大打擊魔界星人的侵略計畫。

「民眾還一直相信他是全心造福社群的副市長，可謂知人口面不知心。」陳老師和叮叮在機械人鬥技場看盡富豪權貴們的黑暗一面，而那些非法賭博的證據亦隨地下基地一同曝光。

「我只怕艾可薩不會就此束手就擒⋯⋯」凱文說著的同時，電車重機叮叮也維修完畢。

「我們已摧殘了三個魔界星人，而戰國星人夥伴也愈來愈多，才不用怕艾可薩。」洛斯認為危機已解除。

「不，因為魔將軍就在 H 市。」光亮如新的叮叮說。

「叮叮！」看到為保護她而身受重傷的叮叮如獲新生，陳老師終於可以放心。

「魔將軍？他和其他魔界星人有何分別？」夢妮皺起眉頭問。

「魔將軍的強大，和其他魔界星人是無法相比的……」雪糕車重機雪樂回想起多年前的戰爭，不寒而慄。

「千百萬個魔界星人中，只有一位會被挑選為將軍；只要是將軍的命令，其他魔界星人也會捨命服從，所以只要一日不把他鏟除，我們也不可以掉以輕心。」舢舨重機阿三嚴肅的說。

「不用怕呀！只要以武士姿態迎戰，就算是魔將軍也會像上次的敵人一樣，一分為二吧？」洛斯見識過「武魂解放」下戰國星人卓越的實力，所以不把魔將軍放在眼內。

「問題是……如果魔將軍比我們更快找到地心能量，並掌握到解放力量的方法，後果便不堪設想了。」自上一次成功解放出「武魂」力量後，人人重機夏爾之後再沒有成功解放過，到底在關鍵時刻能否再現武者姿態，現在還存在未知之數。

雖然已有四個戰國星人集結在一起，但他們還是不敢鬆懈，全城正關注著新聞直播，但是 BOT 集團大樓還是緊閉大門，沒有人知道艾可薩的下一步是甚麼。

而在大家的注意力都集中在電視熒幕的時候，魔將軍已有所行動。

BOT 集團大樓內，艾可薩正躲在頂層懊惱不已，地下基地藏有大量不法交易的證據，這一次就算他再富有、地位再高，也逃不過法律制裁。

「老闆，我們從地底逃跑吧，地下基地結構複雜，警方一定抓不到我們的，只要逃出 H 市，以老闆的才智，他日一定能東山再起的。」跟隨艾可薩多年的私人秘書布萊說。

「逃？我畢生的心血也花在這城市裡，我的貢獻大家有目共睹，憑甚麼要我夾著尾巴逃跑？我才是這個城市的主人！不服從我的才應該受罰！」艾可薩老羞成怒，事情發展超出了他的預期。

「一切都是你的錯！魔將軍，是你的手下辦事不力，連累我的計畫也付之一炬！」壟斷機械科技市場，成為 H 市市長是艾可薩野心的第一步。

「戰國星人的確比我想像的難對付，但現在下定論還為時尚早，既然地下基地的事已經曝光，我們何不提早行動，排除異己，成為這裡真真正正的主人呢？」魔將軍在熒幕顯示出陰險的笑容，他要以絕對武力征服這

城市。

「好！食古不化的市長，阻頭阻勢的戰國星人，他們全部都要消失！」艾可薩按下了一個紅色按鈕，這是他的最後殺著。

紅色按鈕被按下的瞬間，在 H 市內所有機械人眼睛都亮起紅燈並開始四處破壞，艾可薩的機械人佔了 H 市機械人總數的九成，即是說 H 市現在正面臨機械人叛變的危機。

BOT 集團大樓的大門終於打開，但步出大樓的不是涉案的艾可薩，而是步伐整齊，數以百計的機械守衛。

「怎麼了？」負責捉拿艾可薩的警長感到不尋常，機械守衛全都手持著鐳射槍。

「想對艾可薩主人不利的都是敵人！驅逐敵人！」機械守衛的槍支瞄準警員，所有警員急忙跑到警車後躲避。

「艾可薩果然不會坐以待斃……」看著直播畫面的陳老

師說。

機械人守衛向前推進，它們的目標不只是警方。

「糟糕了……事態已愈來愈嚴重了。」夢妮從手機看到更多突發新聞報道，失控的機械人正在市內不同地方大肆破壞。

「夏爾，我們立即出動吧！」洛斯心急如焚。

「但是敵人有這麼多，我們該去哪裡？」夏爾已探測到大量機械人在市內出現的反應。

「分頭行事吧，若發現魔將軍的行蹤，不要擅自行動，立刻通知大家，知道嗎？」凱文相信這一次魔將軍不會再假手於人，敵方總大將一定會親身上陣。

　　H市港口碼頭停泊著一艘渡海小輪，它伴隨H市從漁港發展至大城市，只是人們的生活步伐愈來愈急促，乘搭它的人數愈來愈少，大家都轉為乘搭更快到達目的地的鐵路列車，但渡海小輪的存在還是必須的，它代表著一個時代，代表著城市的發展歷史。

　　「船長，市民正身處水深火熱之中。」渡海小輪，是藏身H市的最後一個戰國星人。

「天星啊……我年紀老邁，你的船身也再經不起碰撞，這已不是我們該參與的戰鬥了。」年老的船長看著對岸，繁華的 H 市烽煙四起。

「但我們是這城市的一分子，這已不再單純是戰國星人和魔界星人的戰鬥，而是牽涉到 H 市存亡的戰爭了。」受過風吹雨打，日久失修的天星無懼險惡，只想盡自己的責任為 H 市出一分力。

城市是死物，是生活在市內的人民賦予它價值；若落在心術不正的領導人手上，再美麗的城市，也會淪為人間地獄。

H 市商店街內，BOT 集團的機械守衛正在大肆破壞，就連無辜百姓也受到它們傷害，人們爭相走避，場面十分混亂。

「上吧，夏爾！」洛斯和夏爾已趕到商店街，夏爾以人人重機的姿態顯露人前。

「連發！機關槍百烈拳！」為了保護民眾，夏爾不

作保留，把機械守衛打碎。

「機械人⋯⋯在和機械人戰鬥⋯⋯」民眾既感到驚喜，又感到驚訝，他們面前上演著有如科幻電影中的情節。

「洛斯，這裡交給我，你帶民眾到安全地方暫避吧。」夏爾闊步上前，迎戰更多本為服務人類而被製造出來的機械傀儡。

「機械人在⋯⋯說話？」超越地球科技，有自主意識的超文明機械人，戰國星人的存在現已曝光。

「大家別再發呆了，快跟我離開商店街！」洛斯和糖糖跳出車廂，迷惘的民眾需要指揮協助。

夏爾等戰國星人一直隱藏身份，因為對於外星文明的存在，無論他們是善良還是抱持敵意，也會使人類畏懼，但現在他已無暇顧及，因為愈來愈多失控的機械守衛走到大街之上。

在夏爾面臨苦戰的同一時間，雪樂也正為人類奮力作戰，遊樂場機動設施全面失控，機械守衛在對平民進行無差別攻擊。

H 市大型遊樂場的設施是 BOT 集團旗下的產品，現在設施全部失靈，載滿遊客的摩天輪更突然停下。

「媽媽……我很害怕……」來尋找歡樂的孩子都受驚落淚。

「小朋友，不用怕，姐姐請你吃雪糕。」雪樂打開摩天輪車卡的閘門，夢妮微笑著向孩子送上雪糕。

夏爾和洛斯在商店街疏散人群之際，雪樂和夢妮正在遊樂場拯救被困人士。

「是雪糕車呀！而且會飛天的呀！」孩子們笑逐顏開，家長們卻一臉驚怕。

「雪樂，你能繼續造出冰雪滑梯嗎？」夢妮擔心著問。

「可以的……為了守護孩子們的笑容，就算用盡力量我也在所不計。」雪樂不停使用冷凍光線，為被困人士提供安全回到地面的滑梯。

「石仔、雪寶，你們負責對付機械守衛，雪樂和我繼續拯救行動吧。」夢妮安排兩部小型機體分頭行事，就像她們一行四人一樣。

「魔將軍還未出現，到底他在盤算甚麼呢？」夢妮和洛斯為拯救民眾疲於奔命，處於被動的他們，都不知道魔將軍的下一著會是甚麼。

市中心內，一輛鐵路列車正高速行駛，列車本應在每一站停下讓乘客下車，但現在失控的列車正不斷行駛，而且速度持續加快。

「所有 BOT 集團的產品也失控了，我們這次死定了……」車廂內充滿人們絕望的悲哭聲。

不只產品市場和物業建築，BOT 集團更壟斷了 H 市最重要的交通設施。

「大家請保持鎮定，緊握扶手保護好身體！」站在飛行舢舨上的凱文對列車內的人說。

「凱文，要怎樣才能停止這輛列車？」阿三不只是能在水上行走的舢舨，更是能在空中飛行的小飛船。

「先到車頭的車長室看看吧，阿三你能追上列車的速度嗎？」凱文是機械工程的專家。

「當然可以。」而阿三接受過凱文的改造性能更大大提升。

舢舨後的噴射器冒出火光，全力加速，在轉眼間已追上列車車頭。

「車長！緊急剎車系統能啟動嗎？」凱文問。

「不能，列車的所有系統都受 BOT 的程式操控……」車長慌張失措，要令列車停下就只能依靠外在力量。

「凱文，繼續下去列車會衝出鐵路，波及路面上的途人呀。」現在正是行人眾多的下午，阿三看著遠方擔心會釀成大型事故。

「阿三，把列車的輪子炸毀吧。」凱文說。

舢舨重機轉向飛行，並以追蹤飛彈炸毀列車車輪，沒有車輪帶動列車推進，鐵軌和車身磨擦提供了令列車減速的磨擦力。

「凱文，沒時間了！」車速雖然已在下降，但按列車現時的速度將會在前面的彎位衝出鐵道，直衝進市區路面。

「陳老師、叮叮。拜託你們了！」凱文對著耳機呼喊。

「交給我們吧！」陳老師倣效洛斯早前的做法，用力踏實油門，電車重機叮叮感覺被注入強大的力量，以全身力氣擋住迎面而來的列車。

戰國星人和地球人的連動，能帶來正面的影響，這是叮叮和凱文討論後所得出的結論。

　　減速中的列車在叮叮的全力抵擋下終於及時停下，並沒有衝出鐵道傷及途人，可憐在車廂內的乘客受驚不淺。

　　「太過分了，艾可薩已不理會平民百姓的生命……若我們來遲一步已釀成重大傷亡了。」雖然面前的危機已解除，但陳老師清楚知道若不盡快捉拿艾可薩，更多大型事故會接二連三發生。

　　「陳老師，請你趕去支援 BOT 集團大樓的警方，艾可薩很可能會從那邊正面突破。」阿三再次開啟噴射引擎，凱文決定和陳老師分別行動。

　　「那凱文你呢？」陳老師問。

　　「我要和市長見一面。」凱文思前想後，敵人分散他們一定有所企圖，而他相信問題的答案，在 H 市市長

裡能找到。

市政大廈頂層的市長室內，從玻璃幕牆看著城市烽火四起的市長面露難色，他一直從新聞直播留意著事態發展，愧疚自己無力阻止愈來愈惡劣的情況。

「市長，我需要你的協助。」雖然市長力有不逮，但慶幸市內還有像凱文等不遺餘力，挺身而出的人。

3

H 市 的 傳 說

「夏爾。」一把柔和的女性聲線直達夏爾的腦海。

「是誰?」夏爾的意識世界一片漆黑,但他不感覺到恐懼。

因為夏爾對這聲線似曾相識,而且聲線滿懷善意。

「我是誰並不重要,重要的是……你正為甚麼而奮戰?」女性問。

「我……正在和魔界星人作戰,為了阻止他們的野心。」夏爾回答。

「作為戰國星人,在和魔界星人戰鬥嗎?」女性的聲線顯得失望。

「是的……」黑暗逐漸退散,遍地機械殘骸重現夏爾的眼前,夏爾正身處商店街中。

「夏爾,你怎麼在發呆啦?已經把艾可薩的機械守

衛解決了嗎？真厲害呢。」洛斯疏散人群後回到商店街和夏爾會合。

「嗯，洛斯，你剛才有聽到有誰在說話嗎？」夏爾感到莫名其妙。

「沒有啊，是不是有敵人還藏在附近呢？」洛斯環顧四周，解決掉機械守衛是好事，但過於順利，卻令洛斯感到不妥。

「很有可能，艾可薩刻意把我們分散開，一定有陰謀在背後。」夏爾知道和魔界星人的最終決戰才剛剛開始。

「戰……國……星……人。」機械發出的聲音吵雜而刺耳，洛斯和夏爾的直覺無錯，從天上飛來的無數部智能手機聚集在一起，結合地上的機械殘骸作為骨幹，展現出機械武將的模樣。

「魔將軍！」夏爾聚精會神，曾和魔將軍交鋒的他不敢掉以輕心。

「大家，我和夏爾遇上魔將軍了。」洛斯沒有忘記凱文的叮囑，立即通知各人。

「沙……沙沙……不可能……」夢妮透過耳機回答。

「夢妮？為甚麼不可能？」洛斯疑惑的問。

「沙……沙沙……因為我們……也遇上了魔將軍。」在夢妮和雪樂身處的遊樂場，魔將軍也同時出現。

「凱文，陳老師，你們聽得到嗎？」洛斯想向兩人求助，他和妹妹正面臨危機。

忽然之間，四人通信的信號受到嚴重干擾，陳老師更和他們失去了聯絡。

遊樂場內，夢妮本以為已完成任務準備和其他人會合，但遊客們的手機突然飛到上空，結合地上的機械殘骸，展現機械將軍的姿態。

　　「人類小女孩，就是你多次破壞我的大計吧？」魔將軍身上每個手機屏幕都顯示出夢妮的樣貌。

　　「雪樂，這傢伙就是魔將軍嗎？」夢妮感覺到前所未有的壓迫感。

　　「對……」雪樂心生恐懼，昔日和魔將軍對戰的激烈慘況，他還記憶猶新。

　　「只要在這裡擊敗魔將軍，艾可薩便再沒有反抗的能力……雪樂，這一仗我們許勝不許敗。」夢妮緊握軚盤，希望能鼓勵恐懼中的雪樂。

　　「沒錯……為了守護更多孩子的笑容，我們不可以退縮！」力量湧溢而出，雪樂鼓起勇氣發動進攻。

同一時間，到達 BOT 大樓支援的陳老師和叮叮本來氣勢如虹，仗著叮叮堅厚的裝甲和強而有力的鐵拳，襲擊警方封鎖線的機械守衛已不足為懼，但是魔將軍不只出現在商店街和遊樂場，以手機和機械殘骸結合而成的魔將軍正和叮叮短兵相接。

　　「魔將軍……」叮叮陷入苦戰。

　　「戰國星人，無論在哪顆恆星、哪個時代都總是阻礙著我等魔界星人……今天，我們就在這星球上，結束這宿命吧！」魔將軍的兩手也如刀刃鋒利，猛烈進攻的魔將軍就算挨上叮叮的鐵拳也持續進攻。

　　「洛斯？夢妮？你們的情況怎樣？」陳老師和眾人失去聯絡，但在這戰場上，陳老師和叮叮也並非孤軍作戰。

「雖然不清楚發生甚麼事，但大家繼續支援那電車機械人，向黑漆漆的那邊開火！」在場的指揮官辨別出誰是敵是友，人類的戰力和戰國星人站在同一陣線。

「雷鳴電磁炮，發射！」叮叮不作保留，胸前機甲
打開射出能量光束。

光束擊穿了魔將軍的身體，人類的槍炮亦持續對魔
將軍造成損害，但是叮叮還是不敢鬆懈，因為魔將軍的
氣勢絲毫未減退。

「戰國星人啊，來感受一下我們的差距到底有多大吧。」更多的手機和機械從四方八面飛來和魔將軍的身體融合，市中心內人口和商店也眾多，魔將軍的補給源源不絕。

人類愈是依賴科技，愈容易反被科技所害。

破損被修補，魔將軍的身體變得更大更壯，警車在他利刃般的手刀面前如同斬瓜切菜。

「善悠，繼續下去我們阻擋不了魔將軍的，如果他進入市中心後果一定不堪設想。」叮叮且戰且退，面對比自己強大的對手他知道不能硬碰。

「我正在想辦法……魔界星人必須於寄宿獸魂的載體才能活動，魔將軍也不會有例外。」陳老師思前想後，複數出現的魔將軍本已十分詭異，能透過操控手機填補身體更是匪夷所思。

市政廳內，凱文正和市長進行對話，搭乘舢舨重機破窗而入的凱文嚇了市長一跳。

「市長，地心能量到底藏在 H 市的哪個地方？」凱文簡單講述了事情的來龍去脈，要市長接受外星文明的存在本非易事，但舢舨重機阿三和珍珠奶茶重機小珍的存在已是不爭的事實。

「我真的不知道你們想要的東西到底在哪裡……但是我想到一條線索……那很可能和地心能量有關。」市長回想起在他就任之時，上任市長的一個囑託。

「那是甚麼？」凱文緊張地問。

H 市歷史悠久，從漁村發展到大城市的期間，這城市有過一個鮮為人知的傳說。

4

魔將軍的真面目

每一屆市長交接時，舊任市長都會把一封信交託給新任市長，信的內容是叮囑新市長不得對一個老舊小區進行大型工程，那小區必須保持現狀，否則將會為整個 H 市帶來災禍。

而這個老舊小區正是洛斯和夢妮居住的、唐樓密集的小區。曾經有市長想對此地大興土木，進行龐大的翻新工程，但是工程進行沒多久就接連發生奇異事故，工人們甚至在夜晚聽到一把詭異的女性聲音，導致工程就此告吹。

工程機械失靈加上頻繁出現的靈異影像，自此之後歷屆市長均不敢再對該小區動土，認為那裡可能是 H 市的風水命脈所在，保持原貌以確保 H 市風調雨順。

「舊區重建計畫……艾可薩成為副市長後不惜自己捐出巨款也要大力推行,市民因此推舉他任下屆市長。」凱文開始懷疑,艾可薩的每一舉動也是有目的,他絕對不是不求回報的人。

機械人科技的暗中操控,為壟斷市場而設的地下機械人鬥技場,艾可薩想要成為市長也一定另有所圖。

「我堅守這秘密,拒絕通過艾可薩的重建計畫,雖然令市民對我的支持度下降,但我知道這才是正確的……」

市長備受批評，但他一心為 H 市著想。

「重建計畫無法實行，他就無法向舊區下手，所以他急於取得市長之位，目的就是藏在舊區地底下的……地心能量！」凱文恍然大悟，推測出地心能量的所在位置。

「凱文！敵人來襲了！」舢舨重機阿三的雷達探測到為數不少的機械人正在接近，其中一個已高速撞上阿三。

「就算知道地心能量在哪裡也太遲了，這一仗的勝利者必然是我等魔界星人。」魔將軍的面孔不只出現在洛斯、夢妮和陳老師面前，就連凱文亦是魔將軍的目標人物。

「阿三，全力迎擊！」凱文一聲令下，舢舨機甲打開，發射出火箭導彈。

「凱文，這不是魔將軍的真身，他不可能同時出現在這麼多地方。」阿三接受過凱文的改造，火力比夏爾等人更高，把以手機和機械殘骸打造的魔將軍軀體炸得四分五裂。

　　「你說得對⋯⋯市長，請你盡快疏散舊區的居民，和提醒其他地區的市民留在安全地方暫避。」凱文說罷登上了舥舨重機，四處爆發的機械人事故和量產魔將軍顯然是拖延之計，魔將軍的真正目標由始至終也是——地心能量！

　　接二連三出現的量產魔將軍威脅著市民的安全，戰國星人的戰爭都集中在對抗魔將軍之上，但魔將軍的魔爪已暗中伸向地心能量。

　　「夢妮、洛斯，眼前的魔將軍只是煙幕，我們要盡快到舊區會合，那裡很可能就是地心能量的所在地。」凱文想要向舊區出發，防止地心能量落入魔將軍手中。

「但魔將軍似是有不死之身……無論受到怎樣的攻擊，亦會回復過來啊！」洛斯和夏爾陷入苦戰，四驅車爆彈等高殺傷力武器快要用盡了。

「我這邊也是一樣，若放任不管我只怕魔將軍會傷及無辜。」夢妮和雪樂且戰且退，市民大眾被魔將軍當成人質，冰雪能源卻所餘無幾。

「到底是如何做到的？魔將軍的真面目到底是？」凱文心急如焚，他很擔心被他安排到 BOT 大樓的陳老師已遇險。

「投降吧，別作無謂掙扎了，我的目標只有地心能量和戰國星人，只要目標到手，我能承諾不會傷害任何一個人類。」被導彈擊落的魔將軍再由手機填補回復，背部更多了一雙翅膀助他飛到凱文面前。

更多的魔將軍飛到空中，他要展示自己壓倒性的強大力量，打擊凱文的自信心。

這番對話不只凱文等人能聽到，魔將軍更透過自己身上的手機攝影鏡頭拍下三人絕望的表情，直播到 H 市內所有電視熒光幕上，讓市民知道城市正面臨多大的危機，保護他們的人多麼弱小。

「是洛斯和夢妮……他們為甚麼會出現在那麼危險的地方？」洛斯的父母不約而同在看到直播片段，兒女正身處機械人中和外星勢力對抗。

「魔將軍，你我的承諾可不是這樣的……」身處BOT大樓的艾可薩感到不妥，他的目標是借魔界星人的力量統治H市甚至更廣闊的世界。

艾可薩視為踏腳石的魔將軍，由始至終也只是把它當作隨時可以丟棄的棋子。

「凱文，魔將軍這樣說是想離間我們，想人類因害怕而轉而怪罪我們，視我們為敵人。」阿三提醒著說。

「我當然知道……」凱文失去了往常的冷靜，他讓年輕的洛斯和夢妮冒生命危險上陣，陳老師的狀況更令他十分擔憂，他開始懷疑自己的決定到底有沒有出錯。

「年輕人啊，不要動搖，堅守自己的信念吧，這邪魔外道又豈會遵守承諾？他的野心只會愈來愈大，受害的人只會愈來愈多。」巨大的影子覆蓋著凱文和阿三，凱文抬頭一看，聲音的來源竟是一架在天上飛行的天星小輪。

「又多一個戰國星人⋯⋯我今天便要將你們一網打盡！」量產的魔將軍們蜂擁而上。

「船長，所有炮台已準備就緒。」巨型航空重機，天星就是藏身 H 市的最後一個戰國星人。

「這裡由我和天星拖延著，你快想出對策吧。」船長雖然年事已高，但為了保護自己的城市，他不顧一切，挺身而出。

天星重機身上多個炮台一同射擊，把想包圍他的魔將軍逐一擊破，新戰友的出現給予凱文冷靜思考的空間，他閉上眼睛在腦中推算魔將軍的弱點。

「大量出現的魔將軍、靠 BOT 生產的機械和手機組成的軀體、接近 BOT 大樓的陳老師失去聯絡、還有覆蓋全市的直播信息……魔將軍的真身應該是……」凱文睜開眼睛環顧四周，那遠方高聳的建築物吸引了他的目光。

「洛斯、夢妮，我想到了！」綜合各個線索，凱文推理出答案。

「那還等甚麼，馬上反擊吧！」

忍耐多時的洛斯和夏爾終於可以爆發。

商店街內，人人重機夏爾處處受制於變得愈來愈巨大的魔將軍，他的一雙巨刃手臂破壞力驚人，為了保護還未完全撤離的民眾，洛斯和夏爾只能硬著頭皮硬上，不敢後退一步。

　　但現在凱文想到扭轉敗局的方法，洛斯和夏爾的反擊正要展開。

　　「連發機關槍鐵拳！」洛斯踏實油門，力量充沛的夏爾全力進攻。

　　「不自量力，要回復這程度的傷害只是一瞬間的事。」自信滿滿的魔將軍不把敵人放在眼內。

　　「那就嚐嚐這個吧！」夏爾在密集的拳擊中順勢把收音機爆彈塞進魔將軍體內。

「這樣只能為你們拖延多一分半秒。」強烈的爆破把魔將軍上半身炸毀，但更多的手機從商店飛向他的身體。

「那就足夠了。」夏爾體內的洛斯笑著和糖糖擊掌，自大的魔將軍還不以為然。

「這黏糊糊的東西是？」魔將軍受損的地方無法順利和用作填補身體的手機結合，因為黏度極高的橡皮黏膠遍布全身，夏爾似是亂發的拳擊其實目的是把糖糖的特產糖果塞進魔將軍體內，伴隨收音機爆彈發揮最大的效果。

「機會來了！」魔將軍動彈不得，夏爾立即變成人人搬運車高速駛向商店街街尾。

「甚麼？」魔將軍驚覺不妙，因為從夏爾行駛的方向，他知道自己的秘密已被發現。

凱文一想到答案便通知了眾人，種種跡象顯示魔將軍的強大秘密只可能和一種東西有關。

「你休想……」魔將軍受特效的黏膠阻礙無法行動自如，夏爾就不用擔心魔將軍以市民作人質。

「看他一臉慌張就知道凱文說的無錯，加速吧，夏爾！」洛斯看著倒後鏡，魔將軍跌跌撞撞也要追趕上來，可見他的弱點就在街尾這建築物。

網絡信號發射塔，魔將軍就是透過坐落在 H 市各地眾多的發射塔，以網絡佔據給操控 BOT 旗下的產品，組合成量產的軀體。

「但是⋯⋯爆彈已經耗盡，要拆毀這建築物不是一時三刻能辦到的事。」夏爾撞破閘門，高大的發射塔明顯為了魔將軍的計畫而有所加固。

「機會只有一次，唯今之計⋯⋯只能靠幹勁了！」夏爾變回機械人形態，重拳一下又一下撼動在發射塔的鐵壁上。

「戰國星人！我要收拾你，再血洗這條商店街，把街內的市民殺個片甲不留！」魔將軍邊撕扯黏膠邊從後追趕，若然他回復自由，洛斯和夏爾的計畫就會告吹。

突然之間，洛斯和夏爾眼前一黑，時間彷彿被停止住，被帶進這片黑暗環境下的還有同樣在奮力作戰的夢妮和雪樂。

「夢妮？為甚麼我們會在這裡的？我和夏爾明明正在拆除發射塔⋯⋯魔將軍快要追趕上來。」洛斯一臉疑惑的說。

「我和雪樂也一樣，一聽到凱文的提示後就把魔將軍凍結拖延，趁機會拆掉發射塔。」夢妮同樣形勢危急，寒冰能為她爭取的時間十分有限。

「戰國星人和年輕的人類啊，是我停住了時間，把你們帶來這空間的。」溫暖的金光照射向眾人，女性的聲線溫柔平穩。

「我認得這把聲音……」夏爾早前聽過這聲音，這次他能明確看到她的樣貌。

「姐姐你是……？」洛斯感覺對方十分親切，絕非抱著惡意的敵人。

「我是這顆星球的意志，是你們一直在找的東西。」女性微笑靠近。

「你是地心能量……我沒想過地心能量是有自我意識的。」夢妮説。

「我伴隨這顆星球而生，早在人類出現之前，我就有自己的意識，知道守護這星球是我的使命。只可惜總會有貪婪的外星生物，不理後果也要把這星球的力量據為己有。」從微笑轉為悲哀，女性看盡因戰國星人和魔界星人的戰爭導致生靈塗炭。

「那是魔將軍的目標，我們並不是這樣的，我們只想借助地心能量把邪惡的魔界星人趕走。」洛斯連忙爭辯。

「我之所以封印住戰國星人和魔界星人的力量，是避免他們再為地球帶來災害，像昔日的亞特蘭提斯⋯⋯然而今日你們的戰爭卻又再次威脅這星球、威脅著 H 市無辜的生命，這一次⋯⋯魔界星人更快要打破封印，吞噬地心能量。」地心能量是為保護地球上的生命而存在，而非用在破壞之上。

「請你相信我們，我們不想無辜百姓受害，我在這城市看到無數孩子的笑容，是他們給予我勇氣，請你把力量借給我們，我們一定會阻止悲劇發生的。」雪樂在 H 市體會到溫暖，他想為這城市而出力。

「我也一樣……這不是作為戰國星人的請求，而是為了地球，為了洛斯和夢妮珍愛的城市，請你助我們一臂之力。」夏爾意識到，這和過去的戰爭不一樣，這不是為了討伐魔界星人，而是為了保護朋友重視的東西。

「洛斯、夢妮，你們一直陪伴這兩位戰國星人，你們相信他們的話嗎？」女性想要得到答覆，她只相信親身陪伴他們冒險的人類。

「當然相信，他們可是我最重要的夥伴啊！」曾一起出生入死，洛斯和夏爾建立了不可分割的牽絆。

「他們是我們的朋友，也是為地球而戰的朋友，請你解除對戰國星人的封印吧。」夢妮誠心懇求。

「戰國星人啊，請你們謹記承諾，把力量用在正途……威脅地球的惡勢力，就靠你們鏟除了。」光芒照亮整個黑暗的空間，為洛斯等人送上祝福。

回到現實世界，時間再次流動的瞬間，魔將軍已趕到夏爾身後。

「夏爾，你能感受到嗎？」洛斯身體發著金黃亮光，如同在機械人鬥技場的時候一樣。

「洛斯，謝謝你的信任，我以我的武魂承諾，絕不讓魔界星人繼續作惡！」夏爾同樣發出金黃的亮光，地心力量允許了武魂解放，夏爾重現機甲武將的真正姿態。

「這姿態……為甚麼你能解放武魂的力量？」魔將軍兩隻鋒利的刀刃手臂同時劈下。

「因為我和你不同，我是為保護這顆美麗的湛藍星球而戰的。」夏爾拔出武士刀的速度快如閃電，把魔將軍的兩手利落地斬下。

夏爾快速揮刀，不只把魔將軍分割成碎片，更順利破壞身後的發射塔，沒有發射塔的幫助，魔將軍再無法靠信號操控機械復原身體，而另一邊廂的遊樂場，武魂爆發的藍色光芒直上雲霄。

遊樂場內，雪樂同樣得到地心能量的允許，解放出武者機甲的姿態，一身冰藍鎧甲的他手握長矛，寒氣把四周凍結成冰，教從後接近的魔將軍難以前行。

　　「魔將軍，我們能戰勝你，是因為我們並非孤軍作戰……」雪樂高速滑行，蹺到魔將軍背後。

　　「……而是和可信賴的、支持我們的人類並肩作戰。」雪樂以長矛刺穿魔將軍的身體，並把他推到發射塔。

　　撞擊把魔將軍和發射塔一同摧毀，冰雪下的魔將軍無法再復原。

　　「太好了，雪糕車贏了！」那些被雪樂拯救的人們歡呼鼓掌，這些掌聲對雪樂來説就是最好的回報。

　　「雪樂，你好像變得愈來愈勇敢呢。」夢妮回想從初認識雪樂至今，他變得不再害怕魔界星人。

　　「一想到身後的人們和孩子的笑容，我就知道不能

再抖震了，而且……如果我不勇敢一點，我體內的夢妮你會有危險的。」雪樂終於得以解放武者姿態，他要以這份力量回報信賴他的人。

兩地的威脅已經解除，洛斯和夢妮馬上向舊區進發，因為眼前被解決的魔將軍只是分身，他們和魔將軍真身的勝負還未分曉。

市政廳附近出現的量產魔將軍數量眾多，幸好天星重機的出現為凱文帶來希望。

「追蹤飛彈全體發射！」船長一聲令下，天星發動總攻擊。

密集而且威力十足的飛彈輕易炸毀敵人，但信號發射塔一日未被摧毀，危機還是未被解除。

「凱文，發射塔在哪裡？」眼見部分魔將軍已登陸
天星船身，船長擔心久守必失。

「我找遍這附近也沒有發射塔……到底在哪裡呢？」
阿三邊高速飛行邊發炮擊落想破壞天星的敵人，凱文則
在手提電腦前埋頭苦幹。

「沒有發射塔，那魔將軍能依靠的⋯⋯就只有 BOT 集團！」凱文靈機一觸，陳老師在 BOT 集團大樓外失去聯絡，正因為這大樓取代了信號發射塔，干擾了陳老師和眾人的通訊。

　　BOT 集團大樓外，叮叮的力量已所剩無幾，一發又一發電磁炮擊穿了魔將軍的身體，但這都是徒勞無功，因為他們不知道魔將軍的真面目。

　　「叮叮，你的狀況還好嗎？」陳老師擔心著問，叮叮受到的損傷已十分嚴重。

　　「能源快耗盡了⋯⋯善柔，請你離開我的軀體吧。」叮叮開啟了車門，他不想危及陳老師的性命。

　　「不可以，我是不會扔下你的，我們一起撤退吧。」兩人曾在地下競技場相依為命，陳老師和叮叮有著深厚的感情。

　　從素未謀面到挺身而出，叮叮為了保護陳老師，一次又一次弄至遍體鱗傷，所以陳老師絕不會離棄這個對她無私奉獻的人，縱使他不是地球人類，而是個戰國星人。

「我不會撤退的，如果我不擋住魔將軍，身後的人和你重視的城市也會毀於一旦。」以電車的姿態陪伴這個城市的人多個春與秋，叮叮已把自己當作城市的一分子。

「那我便跟你共同進退。」陳老師堅定說著的同時，綠色的強光從她和叮叮身上綻放。

「這種感覺……」叮叮感覺到本已枯竭的力量突然湧溢全身。

地心能量認同了叮叮，雖然他是戰國星人，但他為人類甘願犧牲的心，感動了地心能量。

「謝謝你們為人類而戰，祝願你們武運昌隆。」地心能量送上祝福，並解除了對戰國星人武魂的限制。

綠光激射天際，重裝甲武將浴火重生，手執雷霆戰斧，昂首挺胸不懼步步進逼的魔將軍。

「可恨的地心能量……以為和戰國星人同一陣線，就能阻止我的大計嗎？」魔將軍老羞成怒，胡亂揮舞的刀刃，但再也無法摧毀叮叮。

「地球認同了我們，這一仗是你們魔界星人輸了。」叮叮橫握帶著強勁電流的戰斧，猛力一揮把魔將軍一分為二。

「你等著吧，就算不認同我，地心能量也會很快落入我手。」魔將軍還未認輸，身體也在快速修復。

「疾風箭矢！」從上空發射的箭矢穿破魔將軍的身體。

「陳老師，叮叮，抱歉我來遲了。」紅綠裝甲的飛行武將從天而降，他是得以解放的舢舨重機，阿三和凱文及時趕到增援。

「凱文！洛斯和夢妮他們還好嗎？」陳老師一直擔心著失去聯絡的兩位學生。

　　「他們已出發前往舊區，那裡就是地心能量所在之地，我們也趕快起行吧。」凱文說著的同時，阿三拉動弓弦，瞄準魔將軍身後的 BOT 大樓。

　　「但是魔將軍不斷復活，我們不能棄身後的人不顧啊。」叮叮說。

　　「這樣他就無法再復活啦。」暴風之箭向大樓塔頂發射，飛行武者阿三的箭矢直破隱藏在此的信號發射裝置。

「我們很快便會再見面的……地心能量很快就不會再眷顧你們。」殘破的魔將軍終於倒下，但陳老師和凱文也知道眼前的魔將軍不過是眾多分身之一，魔將軍的本體早已趕向舊區出發，他要在戰國星人追到前把地心能量弄到手。

意志

市政大樓外，隨著凱文成功破壞 BOT 大樓的信號發射裝置，圍繞著天星重機的量產魔將軍不再構成威脅，全被火力驚人的天星消滅。

「船長，看來那個叫凱文的年輕人成功了。」天星看見被擊破的敵人已不再復原。

「但是魔界星人的威脅還是沒有解除，接下來才是最關鍵的時刻。」船長識破魔將軍的調虎離山之計，舊區地心能量的所在地才是最後決戰的場地。

「船長，謝謝你願意和我並肩作戰。」天星其實是在 H 市第一個覺醒的戰國星人。

「我年紀老邁，這些事情其實真的不是我該做的，但看著那兩個小伙子勇敢的身影，如果我不站出來確實於心有愧。」

船長一直以來也不支持天星作戰，他認為這不是他該參與的戰爭，無論是戰國星人還是魔界星人，對他來說也是破壞地球和諧的外星勢力，破壞他安穩規律的一分子。

但是洛斯和夢妮這兩個善良熱血的年輕小孩打動了他，看著不懼兇險的初生之犢，貴為長輩的他，豈能無動於衷。就是因為上一代的隱忍，才要小孩子出來守護H市。

「市長，我有一事相求。」航空重機天星駛到市長面前，船長脫下帽子向市長嚴肅的說。

超越人類認知的外星科技突然出現，無論對市長還是平民百姓，都是難以接受的事，特別是他們一出現，已危害到人類的性命和社會的安寧。

洛斯和夢妮所居住的舊區內，猿魔、蠻牛和傲馬這三個已被消滅的魔界星人正為魔將軍開闢出一條暢通無阻的大路，他們帶領著餘下的 BOT 機械人驅趕市民，讓魔將軍和他腳下的巨型鑽探車前進。

「人類也好、戰國星人也好，這些和我作對的傢伙全都不能放過……待我得到地心能量後，這個 H 市就是第一個要被消滅的地方！」魔將軍的本體憤怒無比的說。

「將軍放心，有我的巨型鑽頭在，不用多久地心能量就會是將軍囊中之物。」第五個魔界星人——瘋鼠，一直等待機會大顯身手。

由始至終，魔將軍想要的只有吞噬和破壞，把星球的能量吞噬殆盡，然後轉而去下一個目標星球重演計畫，這就是魔界星人壯大勢力的方法。

現在能阻止這慘劇的，就只有五位戰國星人和與他們結伴同行的人類。

「洛斯！」夢妮和雪樂先一步趕到舊區。

「夢妮，情況如何？」洛斯和夏爾來到現場，第一眼看見的不是敵人的身影，而是被趕出舊區的貧苦大眾。

「魔將軍和他的爪牙已開始行動了，但是……居民們擋住了我們的去路。」夢妮和雪樂被群眾以懷疑和厭惡的目光注視著。

「為甚麼？」洛斯不明所以。

「他們相信魔將軍的說話，只要交出地心能量和戰國星人，他們的家財就不會受損，他們的生命也不會受威脅。」人們只希望自己不受牽連，家園不會被毀。他們覺得只要不觸怒魔星人，就會得到生機。

「大家請聽我說！現在在舊區裡的是來自外太空的侵略者，我們必須在事態更嚴重之前阻止他們！」夏爾打開機甲，讓洛斯離開機甲武者的軀體，以真面目面對群眾。

群眾的眼神冷漠無情，而且充滿戒心。

「他們利用了艾可薩的野心，表面上借 BOT 集團提供了很多高科技產品來便利我們，其實他們利用艾可薩的人力物力，目的是得到藏在舊區的地心能量！當他們達成目的，就誰也阻擋不了他們！」洛斯激動地向群眾解釋，但群眾表情依舊，像是聽著和自己無關的事。

「難道靠這兩個來歷不明的機械人和你一個小朋友，能對付得了裡面的機械人大軍嗎？」群眾之間充滿質疑的聲音，他們情願順從全副武裝的惡人，也不願相信眼前的小孩子和他的同伴。

「把這兩個機械人交出來，就能換取平安……剛才的直播是這樣說的吧？」不只質疑的聲音，群眾認為順從惡人的指示，對自己更有保障。

「你們……」洛斯不敢相信，他和戰國星人拼命作戰，卻換來敵對的態度，群眾有的執起木棒和鐵棍，氣氛變得愈來愈緊張。

「洛斯，不要理他們了，我們繞道而行吧。」雪樂

也打開機甲，夢妮露出面孔和洛斯對話。

「洛斯？夢妮？你們為甚麼會在這些機械人身邊？」洛斯的爸爸德基站出人群說。

「爸爸⋯⋯」洛斯看到爸爸的樣子心知不妙。

「你們快過來，那些機械人很危險的。」兩人的媽媽瑪利亞也在人群中，機械人叛亂事件發生後她便不停找洛斯和夢妮，卻沒有得到任何消息。

「媽媽⋯⋯」夢妮知道父母擔心，她和洛斯一直隱瞞著和戰國星人有關的事。

「沒時間了⋯⋯再繼續下去魔將軍會得到地心能量的⋯⋯」洛斯不知道該怎去解釋。

面對群眾的質疑，還有父母的憂慮，洛斯和夢妮感覺寸步難行。

「大家聽我說。」人群中突然走出一群洛斯熟悉的身影。

「大腳板，還有其他幫過我們的露宿者。」在搗破
地下機械人鬥技場一役，洛斯和夢妮得到了他們的協助。

「我知道事情很難令大家相信，但從很早開始，我就知道洛斯和夢妮被捲入了這不可思議的事件中……」從一開始，大腳板就選擇了幫助洛斯和夢妮，他雖然性格古怪，但和洛斯臭味相投。

　　「洛斯和夢妮雖然是小孩子，但他們勇敢又機智，是我們 H 市的一分子。比起陌生的外星人，洛斯和夢妮一定更值得信任。」大腳板站出來為洛斯和夢妮作擔保。

　　「雖然我們不是甚麼知識分子、上流人士，但我們最講求誠信！如果是洛斯和夢妮信任的朋友，就是我大腳板信任的朋友！」看到洛斯和夢妮這段時間的改變和成長，大腳板知道這兩個孩子有一顆率直和善良的赤子之心，這是他面前這群成年人也可能已經遺失了的瑰寶。

　　「我們的冒險旅程雖然遇過不少危險，但是值得的。」夢妮牽起洛斯的手，這些經歷令兄妹二人更認識對方，更珍惜對方。

不只她們身後的夏爾、雪樂、糖糖、石仔，還有眼前捍衛她們的大腳板和露宿者們，都是旅程中得到的重要朋友。

　　「但是⋯⋯單靠你們幾個，真的能改變得了甚麼嗎？」群眾雖然有點動搖，但在勢孤力弱的情況下，與其反抗，他們情願任人擺布。

　　「改變需要的不是人數的多寡，而是不懼險阻的決心。」支持戰國星人的人數雖少，但他們都有比魔界星人更堅定的心，航空重機天星到達現場，站在船頭進行廣播的人令群眾眼前一亮。

天星重機載著已解放出武者姿勢的叮叮和阿三從天而降，H市內的戰國星人全體集合，準備迎接最後的戰役。

「我知道大家十分恐慌，H市正面臨前所未有的危機，這襲擊的影響更遠遠不只於H市，要把這麼重大的責任交託給陌生的幾位外星機械人和小孩，確實很令人不安⋯⋯」市長是由船長邀請到舊區，要令群眾放心，唯有靠這位愛民如子、極具公信力的市長。

「然而現在，能阻止這危機的，就只有他們這幾位無畏無懼的年輕人。」市長說著的同時，天星把四人剛才在不同地方奮力保護市民，對抗魔將軍的片段投射於群眾面前。

在商店街奮勇作戰的夏爾、在遊樂場為拯救市民盡心盡力的雪樂、在魔將軍面前沒有退後過一步的叮叮，還有阻止了列車失控意外的凱文，他們的勇氣、他們的努力，決不是白費的。

「我懇請各位信任我，信任我身後的英雄們，讓他們進入舊區解除危機吧。」市長彎腰低頭請求，把個人榮辱和尊嚴拋諸腦後。

市長的演說成功說服了群眾，攔住洛斯等人去路的群眾都讓出了一條大路。

「爸爸媽媽，請你們放心吧，我會保護好妹妹的，而且我們的好友一定會確保我們的安全，我們很快就會回來了。」洛斯走到父母面前說。

父母默默點頭，他們知道兒子已變得比以前成熟而且有責任心。

　　「應該是我照顧你才對吧，笨蛋哥哥。」夢妮雖然口硬，但她變得更喜歡這個滿腔熱血的哥哥。

　　「事不宜遲，我們馬上啟航吧。」天星準備載著眾人直闖虎穴。

　　「有這大傢伙助陣，頓時感覺信心十足呢。」夢妮看著巨大的天星說。

　　「放心吧！我一定會奪回大家的家園。」洛斯登上天星重機。

　　眾人正式駛向最終決戰場所，魔界星人和戰國星人在地球的爭鬥進入最後階段。

　　天星重機上，眾人圍著進行最後一次作戰會議，他們已被耽誤了許多時間，而魔將軍為了確保能得到地心能量，已把所有兵力集中到挖掘地點四周。

「敵方人數眾多，正面進攻很可能會被魔將軍搶先一步……」凱文擔心著說。

「而且那三個被打敗過的魔界星人也重新齊集在一起……」夢妮苦惱著說。

「他們的獸魂核心已被摧毀，現在他們和其他機械人一樣，只是沒靈魂的金屬傀儡罷了。」夏爾討厭魔將軍利用同伴殘骸的行為，這違背了他的武士精神。

「各位，面對這數量龐大的敵軍，一定會被拖延不少時間，所以我有一個策略。」船長帶市長到來，除了借助他說服群眾外，還有一個原因。

「這是在舊區停止開發後，就一直被封存起來的工程圖紙，圖紙上紅色的箭嘴相信就是你們在找的地心能量。」市長手上的圖紙是昔日地底工程停工前，建造地

下水道的工人記錄下來的，未曾公開的秘密圖紙。

「這樣的話，我們便能抄捷徑快一步得到地心能量了！」洛斯興奮地說。

「但是……這些地下水道都很小很窄，只能容納小孩子般身型的人通過。」市長面有難色的說。

「那就由我去吧。」洛斯沒有一絲猶豫便回答。

「不，那些通道已廢置太久了，那裡想必充滿了對人體有害的有毒氣體。」凱文馬上阻止。

眾人停頓思考之際，糖糖舉起了手，一蹦一蹦的跳著。

「你的意思是……把這任務交給你嗎？」洛斯環顧四周，符合資格的就只有身型最小的糖果販賣機糖糖、石油氣罐重機石仔和珍珠奶茶小珍。

糖糖願意挺身而出，石仔  也牽起糖糖
的手，他們想為大家出一分力， 但不想
細小的小珍冒險。

「那就拜託你了，在完成任務後你要親手把這硬幣交還給我，這是男子漢的約定呀。」洛斯把一個硬幣交給老是問他要硬幣的糖糖。

糖糖點頭接過硬幣，然後帶著圖紙騎在能噴射飛行的石仔背上，他們要秘密進行任務，而船上的眾人亦已準備好全面進攻。

　　地底之下，腳踏鑽探瘋鼠的魔將軍已愈來愈接近地心能量，就算沒有指引方向的地圖，他已能感應到獨特又強大的地心能量。

　　「將軍，看來戰國星人已來到附近了。」瘋鼠邊全速前進邊說。

　　「不用理會他們，只要得到地心能量，再多戰國星人也不足為患。」魔將軍勝券在握。

　　地面上，整齊排列的機械人部隊全數高舉鐳射槍，瞄準航空重機天星，大戰一觸即發。

「洛斯，夢妮，謝謝你們⋯⋯如果沒有遇上你們，我們一定不能走到今天。」夏爾回想起不久前，他還只是躲藏在車場內的人人搬運車。

真摯的友情，能像翅膀一樣，帶我們飛高飛遠。

「從只有我們三劍客，到現在這樣人才濟濟，的確不容易。」夢妮微笑著說，路途上雖然重重難關，但她們都並肩走過。

「也像利劍一樣，助我們沿途披荊斬棘。」

「好拍檔，我們去打贏最後一場勝仗吧！」洛斯鬥志高昂，信心十足。

「各位，要開始了！」天星向敵方投擲出煙霧彈。

濃煙阻礙機械人們的視線，四位戰甲武將趁機會降落地面。

「夏爾，上吧！」在夏爾體內的洛斯用力踏實油門，人類和戰國星人的共鳴爆發出無比強大的能量。

「燃燒吧，我的武魂！」夏爾衝出濃煙，他的武士刀燃起熊熊烈焰，烈焰武者閃耀金光。

夏爾的火焰武士刀殺力萬鈞，在士氣如虹的他和洛斯面前，BOT 集團的機械人被輕易斬碎，但是敵人的數量太多，從四方八面湧來的機械人像洪水般想要淹沒他們。

但夏爾毫不猶豫繼續向前邁進，因為他相信自己的背後有可靠的戰友守護。

「冰雪長矛！」雪樂持矛連續突刺，把一個又一個機械人凍結刺穿。

那些已四分五裂的機械殘骸還是對戰國星人死纏不

休，抓住夏爾的雙腳不放。

「雷鳴戰斧！」叮叮揮斧劈地，電流向外蔓延令如亡靈般的機械失控。

「機會來了，夏爾！」洛斯的目標是進入機械人集中掩護的地洞，那裡是由魔將軍和鑽探機瘋鼠掘出的大洞，也是深藏地底的地心能量上方。

夏爾一躍而起，踩在機械人頭上當踏板一下一下跳向大洞。

「洛斯，小心！」夢妮緊張叫喊，眾多鐳射光束正射向半空中的夏爾和洛斯。

「阿三，助洛斯一把。」只要跳入大洞就能快速接近魔將軍，凱文把握機會指示阿三，阿三射出的風壓箭矢如上升氣流托起了半空中的夏爾。

正當洛斯和所有人以為成功在望，飛撲而來的沉重機體卻把夏爾擒到地上。

「是猿魔⋯⋯」夏爾以武士刀擋住猿魔的挖掘利爪，

守護魔將軍的最後一度防線是夏爾等人曾經的勁敵。

「還有在鬥技場遇到的蠻牛和傲馬。」雪樂躲過推土機的大鏟，又差點被壓路機的滾筒撞倒。

「時間無多了，魔將軍已很接近地心能量。」幸好重甲武者叮叮及時趕到，化解了雪樂的危機。

地心能量近在咫尺，但戰國星人都分身乏術。而在較早前，借助濃煙掩護的糖糖和石仔絕無偷懶，成功進入地下水通道。

打開渠蓋潛入地下水通道的糖糖和石仔火速前行，騎在石仔上的糖糖看著圖紙忙碌地指手劃腳，因為地下水通道結構複雜。

石仔的噴射器火力全開，他們正以最快的速度接近地心能量。

　　但是石仔再快，也快不過鑽探車瘋鼠的鑽頭，他們已突破最後一道障礙，到達地心能量所在的秘密宮殿。

　　「就是這裡了……」魔將軍從鑽探車下來，地心能量就在宮殿正中央的一個四方匣子內，它所散發的柔和金光吸引魔將軍慢慢步近。

「想不到從零開始，滋養地球萬物生長的龐大能量，竟然就藏在這麼小的匣子內。」魔將軍踏上宮殿階梯，感受地心能量的偉大。

　　「收手吧，魔界星人，這是地球的重要資源，不是你該貪婪的。」散發金光的女性再次顯現。

　　「有一點你搞錯了，如果單靠我的力量，恐怕再花多久也難以找到地心能量，是人類的貪婪引領我來到這裡的。」魔將軍說的是貪得無厭的艾可薩，是這位充滿野心的人類給了魔將軍無窮無盡的資源，導致今日的惡果。

　　「我觀察了人類這麼久，從古至今他們都不愛惜這地球，無止境的開發、無止境的破壞，不斷蠶食這顆星球，削弱星球壽命的並不是我，而是人類自身。」魔將軍利用了艾可薩，這個愚蠢的傷害自家星球的人。

「由我吸取你的能量，替你好好教訓這些人類，這豈不是對這星球更有益處嗎？」魔將軍伸延出多條觸手，開始以觸手吸收女性的能量。

「我猶如地球的母親，母親總會原諒犯錯的孩子，人類一定會改過自新的。」女性的能量愈來愈弱，宮殿也隨即劇烈晃動，搖搖欲墜。

　　「可惜他們沒有這機會了，今日我便要改變這星球，讓這裡成為不適合地球人類，只適合魔界星人的新世界！」女性徹底消失，魔將軍的觸手打開了四方匣子。

　　地心能量就在眼前，但糖糖和石仔只能看著它落入魔將軍的手中，地下宮殿、地下水通道包括糖糖和石仔，全都被魔將軍吸收扭曲，築成他新的身體。

　　漆黑的機械魔龍衝出地洞，直上天空，像是要吞噬掉太陽，像是要撕裂大地。

　　機械魔龍衝上雲霄，夏爾等人都被這龐然大物嚇了一跳，因為地心能量的加持，令魔將軍變得比他們見過的魔界星人更加強大。

「到最後幸運之神眷顧的，始終是我！」獸魂全面解放，魔將軍更吸納了蠻牛、傲馬、猿魔和瘋鼠作為他的四肢。

「糖糖和石仔失敗了嗎？」洛斯失去了兩名戰友的聯繫。

「事已至此⋯⋯我們還有甚麼能做嗎？」夢妮面對龐大的巨龍深感絕望。

「現在放棄還為時尚早，天星，把所有炮火也集中在這傢伙身上。」船長發號施令，若無法在此擊倒魔龍，難以想像有多少城市會被摧毀、有多少生靈會塗炭。

「魔將軍還未完全吸收地心能量，我們還有機會的！」凱文偵測到金黃的巨大能量還在魔龍的喉嚨內未被吞噬殆盡，飛行武者阿三一邊接近一邊射出箭矢。

「你們的掙扎只不過是螳臂擋車，戰國星人⋯⋯今天便是你們的死期！」巨大魔龍無懼天星和阿三的夾擊，

紫色的鐳射光線已在他口中蓄勢待發。

鐳射光線掃射過的地方都受到嚴重破壞，魔將軍肆意破壞，不管是戰國星人還是 BOT 的機械人也不放過。

「不可以放棄，糖糖和石仔還在魔將軍體內，還有區外的群眾……還有更多人需要我們拯救！」洛斯和夏爾心意相通，他們的決心引發地心能量的回應。

「各位，我只能盡我最大的努力，在短時間內提升你們的能量，請你們務必阻止這條貪婪的魔龍。」在魔龍喉嚨的地心能量孤注一擲，與其被不懷好意的魔將軍吞噬，她情願把希望寄託在與人類共同進退的武者身上。

五個戰國武者被能量牽引在一起，以天星小輪為主體軀幹，雪糕車和電車變成雙腳，人人搬運車和舢舨成為左右手，戰國大武將威風八面。

人類的信念，突破戰國星人的潛能再創奇跡。

「大家集合起來！」洛斯回過神來，夢妮等人齊集
在中央天星的駕駛艙內。

「只要集合在一起，就一定能得到勝利。」陳老師

輕拍洛斯和夢妮的肩膀。

機械魔龍和合體武將互不相讓，武將一手緊抓魔龍的尾巴防止他逃脫，另一手集中向他的頭顱攻擊，欲從他的嘴巴奪回地心能量。

而魔龍同樣不甘示弱，鑽頭和掘挖爪兩隻前肢瘋狂攻擊合體武將的軀體，想要奪取洛斯等引發奇跡的人類的性命。

「堅持住呀！各位！」洛斯高聲呼喊。

「戰國星人，你知道我們的最大分別是甚麼嗎？我沒有要守護的東西，也沒有害怕失去的東西。」魔龍眼見合體武將的胸甲快被撕破，認為勝利在望。

洛斯的呼喊聲，傳達給了他們的重要戰友。

「魔龍的體內……有物體在高速移動，是糖糖和石仔！」凱文看著熒幕，連同下水通道被吞噬的戰友還未消失。

糖糖坐在石仔上高速移動，他們勇往直前到達地心

能量所在的喉嚨位置。

「所以我們比你強……正因為我們有要守護和害怕失去的東西，才有不能輸的理由！而且我們有重要的夥伴、有珍惜的戰友呀！」合體武將捉緊魔龍，在魔龍體內他的小小戰友，竟成為了最終勝負的關鍵。

「這麼細小的齒輪……休想阻我大計！」魔龍知道體內出現了變數，喉嚨壓縮想把石仔和糖糖夾成廢鐵。

糖糖緊抱住地心能量，眼見窮途末路的石仔把噴射器裝到他的背上，自己用盡全力撐住正壓縮的喉嚨。

糖糖回望石仔，雖然他們不會說話，但四目交投的他們心意相通，石仔選擇了犧牲自己，把人類的希望交託給糖糖。

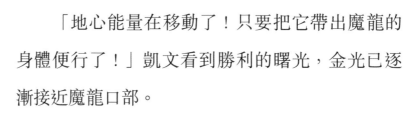

「地心能量在移動了！只要把它帶出魔龍的身體便行了！」凱文看到勝利的曙光，金光已逐漸接近魔龍口部。

洛斯等人已能看見帶著地心能量飛行的糖糖，還差少許就完全脫離魔龍大口。

「妄想！」龍口猛力閉合，鋒利的牙齒刺穿了糖糖的身軀，糖糖的下半身和抱著地心能量的左手還在魔龍口內。

「糖糖！」洛斯心痛不已。

「還差一點點……」夢妮不忍同伴犧牲，但更多人命肩負在他們身上。

糖糖右手拿起了一個硬幣，這是在出發前洛斯給予他的約定金幣，糖糖把它放到投幣處一扭，一顆鮮紅色的糖果掉了出來。

「那是……特強爆彈。」洛斯知道糖糖體內大部分糖果都是不能吃的，而當中鮮紅色的這一顆，是唯一也是威力最強的爆彈。

大爆炸把魔龍牙齒炸開，糖糖也變得支離破碎，但他的任務成功了，地心能量掉出魔龍大口，落到合體武將內。

「糖糖他……犧牲了自己。」凱文看見破碎的糖糖已失去生命反應。

「小小的齒輪損壞，可以毀掉任何大型機械！是你輸了，魔將軍！」合體武將力量急升，反觀魔龍連維持身體的餘力也沒有。

合體武將把魔龍一刀兩斷，H市內最後的魔界星人已被消滅。

舊區得以回復和平，群眾帶著掌聲和歡呼聲回到家園，能解除這次魔界星人的威脅自然值得高興，唯獨洛斯和夢妮實在無法強顏歡笑。

「糖糖……謝謝你。」洛斯淚如雨下，看著糖糖的殘骸不停道謝。

「是他們拯救了這城市、拯救了人類。」夢妮抱著洛斯，石仔的犧牲同樣令她難過。

糖糖和石仔雖然犧牲了自己，但他們成功把傷亡減至最低，或許在人類歷史上不會記錄下他們的名字，但他們會長留洛斯和夢妮心中。

　　「洛斯，我們還有一個問題要處理。」凱文說。

　　眾人再次登上航空重機天星，在群眾的感激之下，他們飛離了舊區，消失在群眾面前。

　　一個星期後，艾可薩正式被判監入獄，他所犯下的罪行多如繁星，這一輩子也不會有機會步出監獄。

　　這次事件亦令世人知道了魔界星人和戰國星人的存在，同時令人類反思過分依賴機械和科技的問題。但是H市內已再也不見戰國星人的蹤影，有指他們在解除魔界星人的威脅後，便回到了自己的星球。

　　但事實上，他們的旅程還沒有結束。

T市內，洛斯、夢妮和陳老師剛離開機場，就看見凱文正在跟他們揮手。

　　「爸爸媽媽真的相信嗎？我們受邀請到T市作為交換生的事。」洛斯問。

　　「放心吧，若只有你一個他們當然不會相信，但有成績優異的我同行，又有陳老師作擔保，沒有人會懷疑的。」夢妮狡猾的笑著說。

　　「我會在這段時間擔當你們的補習老師，不會讓你們的學業成績跟不上進度的。」陳老師辭退了學校的工作，受凱文僱用作為私人秘書。

　　「歡迎來到T市，各位請上車吧，我們的朋友已在等候了。」凱文邀請眾人登上他研發的無人駕駛房車，並高速向目的地進發。

在一星期前，眾人離開舊區後，凱文就告訴了眾人他擔憂的事和解決方法。

戰國星人的存在曝光，對地球來說無論是敵是友也會有嚴重影響，無論是軍方還是科技業界也會打夏爾他們的主意，把他們當成危險分子或研究對象。

所以凱文決定帶戰國星人潛伏到 T 市，這裡凱文有能力提供足夠的支援和協助，而更重要的是在 T 市內還有其他未覺醒的戰國星人。

「你說的方法真的能成功嗎？」洛斯問。

凱文想協助夏爾喚醒餘下的戰國星人，因為他希望借戰國星人的手挽救正在熄滅的地心能量。

「嗯，但單靠五個戰國星人的能量是不夠的，我已找出幾個很可能有未覺醒的戰國星人藏身的地點，我相信集結大家的力量，一定能重燃地心能量。」先被魔將軍吸收，又把餘力貢獻給戰國星人，地心能量消耗過大，

凱文不知道結果如何，只知道這計畫對戰國星人和地球人同樣有利。

「希望這次旅程不會再有人受傷、不會再有人犧牲吧。」洛斯憂鬱的看著窗外，想起犧牲了的戰友。

「我們到了。」凱文微笑著說。

「不會吧……他們……他們是？」凱文的研究所前，出來迎接洛斯的身影他十分熟悉。

「我取下了他們的記憶晶片，重新打造了他們的身體。」凱文令糖糖和石仔得以重生，洛斯和夢妮急不可待，馬上跑上前擁抱失而復得的戰友。

新的旅程將要開始，而這次的舞台不再是洛斯熟悉的 H 市，而是充滿更多新奇刺激的 T 市。

第一部・〈H市篇〉完

神探 包青天
Detective Bao

創作繪畫◎余遠鍠　　故事文字◎何肇康

❋糅合中華傳統文化　｜❋引用詩詞修習文學　｜❋獨有現代推理元素

vol. 1 - 9 　經已出版

燃燒吧！香港重機 04
GEAR UP! MY SAMURAI!

原創 / 繪畫	▶	葉偉青
創作 / 文字	▶	余兒、陳四月
編輯	▶	小尾
設計	▶	siuhung
出版	▶	創造館
		CREATION CABIN LTD.
		荃灣美環街 1 至 6 號時貿中心 6 樓 4 室
電話	▶	3158 0918
發行	▶	泛華發行代理有限公司
		香港新界將軍澳工業邨駿昌街七號二樓
印刷	▶	高科技印刷集團有限公司
出版日期	▶	2022 年 7 月
ISBN	▶	978-988-76143-0-2
定價	▶	$88
聯絡人	▶	creationcabinhk@gmail.com